LE TRÉSOR
DES TRAVAILLEURS

DE TOUT ÉTAT,

OU MANUEL DE LEUR PROSPÉRITÉ

ET DE LEUR BONHEUR,

CONTENANT, VERSIFIÉS :

1° Les pronostics ou signes des changements de temps ;

2° L'essence de la sagesse des nations : proverbes, adages, aphorismes, conseils, sentences agricoles et autres ;

3° Les erreurs, les superstitions et les préjugés populaires ;

4° La civilité générale et particulière ;

5° Les préceptes d'hygiène ou bonne santé publique et particulière.

Par A. BEL.

ço

LONS-LE-SAUNIER,

IMPRIMERIE ET LITHOGRAPHIE DE F. GAUTHIER.

1856.

LE TRÉSOR
DES TRAVAILLEURS

DE TOUT ÉTAT,

OU MANUEL DE LEUR PROSPÉRITÉ

ET DE LEUR BONHEUR,

CONTENANT, VERSIFIÉS :

1° Les pronostics ou signes des changements de temps ;
2° L'essence de la sagesse des nations : proverbes, adages, aphorismes, conseils, sentences agricoles et autres ;
3° Les erreurs, les superstitions et les préjugés populaires ;
4° La civilité générale et particulière ;
5° Les préceptes d'hygiène ou bonne santé publique et particulière.

Par A. BEL.

LONS-LE-SAUNIER,

IMPRIMERIE ET LITHOGRAPHIE DE F. GAUTHIER.

1856.

OUVRAGES DU MÊME AUTEUR

TRAITÉ DE PROSODIE et de versification latine, adopté pour les colléges, 1 petit vol. in-12......... 0 75 c.

La connaissance de cet ouvrage épargne les recherches fastidieuses du *Gradus*; il soumet à la règle la quantité dite *positive*.

LEÇONS CATHOLIQUES du Bon Pasteur, sur la lecture élémentaire et la lecture courante, ou principes de lecture applicables à toutes les langues et surtout à la langue française, cartonné, la douzaine .... 3 f. »

DIX TABLEAUX reproduisant les leçons, pour les salles des écoles .... 2 f. »

LEÇONS CATHOLIQUES du Bon Pasteur, sur la grammaire, avec de nombreux exercices, in-18, cart...... 0 75 c.

GRAMMAIRE FRANÇAISE *rationnelle* et élémentaire, un vol. in-12.................................... 1 f. 50 c.

COURS SIMULTANÉ d'histoire et de thèmes, avec des matières de compositions en thème et en version latine, et vocabulaire :

1re *partie*, Histoire sainte, pour les classes de 8e, 7e et 6e, un vol. in-12.................................... 1 f. 50 c.

2e *partie*, Histoire ancienne, pour la 6e, la 5e et la 4e, un vol. in-12.................................... 2 f. »

PRÉFACE DÉDICATOIRE.

A vous, mes meilleurs amis, qui supportez dans les champs le chaud et le froid, pour soutenir vos honorables familles ; à vous, chefs d'atelier ingénieux, ouvriers intelligents des manufactures, qui transformez et améliorez, en les multipliant, les produits précieux de vos robustes frères de la campagne, pour embellir nos demeures, parer nos personnes et orner nos tables des aliments les plus doux et les plus salutaires ; à vous aussi, actifs aspirants du commerce, apprentis et commis de magasin ; à vous tous enfin qui coopérez au bien-être et à la prospérité publique : c'est pour vous principalement que cet opuscule a été composé.

L'habitant des cités y trouvera, comme le cultivateur, et le secret pour obtenir une honorable pl a dans la société, et les moyens propres à doubler le talent que lui a départi le Créateur. Chacun y apprendra à prévoir et à prévenir, dans l'intérêt de sa santé et de ses récoltes, les intempéries des saisons, à se prémunir contre les erreurs, les préjugés et les superstitions du vulgaire, comme à éviter les ridicules et les balourdises du défaut d'usage, pour prendre les bonnes manières de l'homme bien élevé, relevées par une politesse aussi éloignée de l'afféterie que de la grossièreté. Le jeune âge, en voyant les portraits du paresseux et de l'enfant gâté, ne voudra pas leur ressembler.

A BEL,
Cultivateur, censeur des études en retraite,

———o o{o}o o———

Tout exemplaire non revêtu de ma griffe, sera réputé contrefait.

LE TRÉSOR

DES TRAVAILLEURS.

───────

CHAPITRE Ier.

Pronostics des changements de temps.

1. Qui saurait à coup sûr les changements de temps,
   Du bien-être public aurait les éléments :
   Hiver, été, printemps, chez lui, comme l'automne,
   Abonderaient les fruits de Cérès et Pomone.

   Quand bise souffle en mars et le rend sec et beau,
   Le bon fermier emplit et grenier et tonneau.
   Par bise, toute fleur passe saine et féconde ;
   Mais par vent, elle avorte et paille seule abonde.
   S'il tonne et pleut en mars, laboureur crie : hélas !
   Car chacun alors craint le retour des frimas.
   Mois d'avril amenant tonnerre et chaude pluie,
   La face des guérets en est fort réjouie.
   Toutefois le bourgeon qui se montre en avril,
   Ne saurait, près des monts, mettre vin au baril.
   Mais ce mois, froid soufflant, force pain et vin donne.
   Oncques rigueur de mai n'enrichira personne.
   En mai douce rosée, en avril chaudes eaux ;

Avril pour l'homme pleut, mai pour les animaux.
Tenons pour assuré que ces mois de l'année,
De nos prés, de nos champs font seuls la destinée.

Si le temps tourne à l'eau vers le milieu de juin,
Gare aux ensablements, à la rouille du foin.
Du beau, du mauvais temps, équinoxe ou solstice
Sont pour l'observateur un précieux indice.
Vingt-un septembre et mars, et décembre et juin,
Depuis huit jours traînant pluie ou neige ou serein,
Maintiennent, sans changer, ce temps delà leur terme.
Force neige en fevrier met de tout dans la ferme.
Quand fait le villageois Noël à son pignon,
Il risque de fêter Pâques à son tison.
Si foisonnent groseille et prunelle et noisette,
Ne craignons pas du vin la fiévreuse disette.

2. Baromètre montant nous annonce du beau ;
   Baromètre baissant pronostique de l'eau.
   Le changement est court par hausse ou baisse prompte ;
   Il dure, quand plus lent mercure baisse ou monte.
   Agité, ce dernier menace d'un gros temps ;
   Mais par fois n'ont pas lieu du ciel ces changements.

3. Du beau, du mauvais temps, il est un autre signe
   Qu'on tient pour fort certain et de toute foi digne :
   La toile d'araignée en ses ténus filets,
   Des variations révèle les secrets.
   L'insecte en raccourcit les attaches tendues,
   Quand le vent charge d'eau les escadrons des nues.
   S'il vient à relâcher ces liens suspenseurs,
   Un souffle bienfaisant chasse au loin les vapeurs.

4. Quand les cieux irrités tourmentent la nature,
   Souviens-toi de ces mots : *Trop violent peu dure :*
   Dieu ne donne à porter fardeaux trop accablants.
   Froid vif succède-t-il à des rayons brûlants,
   Ou grand chaud à grand froid, attendez neige ou pluie.

5. Soleil levant très-large, à la face pâlie,
   Avec rougeurs à bise, appelle du fracas.
   Lever rougeâtre, obscur, voilé de noirs amas,
   Lune cerclée et bain d'étoiles plus nombreuses,
   Ceintes au firmament de lueurs vaporeuses,
   Nous promettent de l'eau d'autant plus promptement,
   Que du noyau le cercle est plus loin et plus grand.
   Si la couronne est double, attendez du tapage.

   Quand vent d'Ouest ou Sud en nos pays voyage,
   Et que nouvelle lune, en son quatrième jour,
   Seulement apparaît, le mois est à son tour
   Humide et pluvieux.—Nuit claire, sans nuées,
   Peu d'étoiles au ciel, couve chaudes suées.
   Les taches de cet astre et son croissant pointu
   Assurent d'un beau temps la féconde vertu.

6. Si campagne blanchit de diamants perlée,
   Par soudaine rosée ou subite gelée,
   Le temps reprend bientôt ses habits pluvieux.
   Nuages du couchant font les chemins boueux.
   Ciel blanc et pommelé, comme femme fardée,
   Ne dure pas longtemps ; il promet une ondée.
   Nuages noirs au pied et de crème au sommet,
   Air brûlant, sol fendu, couvent grêle en secret.
   Grand matin pluvieux donne belle journée :
   Pèlerin ne craint pas humide matinée.

7. Arc-en-ciel vers le soir nous fait beau lendemain ;
   Au matin l'arc-en-ciel fait tourner le moulin.

8. Si poisson, si limon montent à la surface,
   Le temps, d'un beau soleil, au grand arrosoir passe.

9. Brouillards grimpant au ciel en retombent en eau ;
   Brouillards fondant au sol assurent jour très-beau.

10. Lorsque le vent du nord nous souffle fraiche bise,
    Et que soleil levant donne sa douce brise,
    Que tonnerre en ces points lève sa grande voix,
    Ou que de là nous vient le son clair des beffrois,
    Le murmure des eaux s'élançant en cascade,!
    Ou torrents de fumée en blanchissante arcade,
    Gare la sécheresse et ses feux dévorants,
    Fléaux des sols légers, délices des bons champs.

11. Fleur de mouron fermée et languissant feuillage,
    Etouffante chaleur, présagent de l'orage.
    Essaims de moucherons tourbillonnant le soir,
    Durant nombre de jours il ne saurait pleuvoir.
    Quand limaçon cornu monte et se colle aux plantes,
    Ciel et terre bientôt prennent faces riantes.

12. Les changements en laid agitent les oiseaux ;
    Corbeau, paon, canard, oie, apprennent aux hameaux,
    Par leurs sinistres cris, qu'une averse menace.
    Quand frisent les oiseaux des mares la surface,
    Que la pie et le geai s'attroupent éperdus,
    Que coqs matin et soir partout sont entendus,
    Qu'hirondelle chassant glisse en rasant la terre,
    Que chat va s'attifant de sa patte légère,
    Que corps froids et polis se couvrent de vapeur,
    Que feuille, marbre, fer ruissellent de sueur,
    Qu'égouts et lieux communs s'exhalent plus fétides,
    Que les places à sel deviennent plus humides,
    Que la chaleur accable et l'œil pesant s'endort,
    Que l'eau trop vitement baisse loin de son bord,
    Que belettes, serpents, sortent de leurs retraites,
    Qu'escadrons de fourmis vont faire au loin leurs quêtes,
    Que de nombreux crapauds salissent les chemins,
    Que puces de leurs dards nous caressent les reins ;
    Que cors, oignons aux pieds, fruits d'étroites chaussures,
    Parlent ou rhumatisme ou bien vieilles blessures ;
    Qu'au vif clairon du taon le bœuf gille, effaré,

Se cacher, queue en l'air, dans un épais fourré ;
Que du sud, du couchant, la chute d'eau, la cloche,
Apportent gémissant leur voix, qui semble proche ;
Que les dômes des monts mettent leur blanc bonnet,
Et dérobent aux yeux leur sourcilleux sommet ;
Que nuages, fumée, en la céleste voûte,
Vers le nord ou vers l'est font leur rapide route ;
Que sable en tournoyant s'élève dans les airs ;
Enfin que monts lointains apparaissent plus clairs :
Tout annonce la pluie et souvent un orage.
Observe, laboureur, si tu veux être sage.

13. Il est force dictons, mais qui ne font pas loi,
Auxquels le laboureur ajoute pourtant foi :
Un seul jour sur l'année a trop peu d'influence,
Pour que l'observateur y fonde sa science.

Au temps de chaque jour des trois Rogations,
Du foin, du blé, du vin, répondent les saisons :
S'il pleut le premier jour, on fauche par la pluie ;
S'il fait beau, le foin sec quittera la prairie.
Quand le dimanche il pleut, préparez planche et pont.
De saint Paul le jour clair dénote un an fécond.
Si fête d'Apolline, au trente-un mai, nous mouille ;
Que saint Claude, au six juin, le ciel sombre débrouille ;
Il pleuvra peu longtemps ; au lieu que saint Médard,
Durant quarante jours, fera le grand pissard
Ou le grand rôtisseur, huit juin, s'il pleut ou brûle ;
A moins que Barnabé n'emporte la bascule.

CHAPITRE II.

Proverbes, adages, aphorismes, préceptes, sentences et conseils.

14. L'oiseau ne vole pas avant d'avoir bonne aile ;
L'homme ne doit voler' quayant bonne cervelle :
Car il fait souvent mal, quand il ne sait pas bien.

Trésor peut amasser, le savant qui n'a rien.
On ne peut réussir avec mauvaise tête ;
Ne consulter que soi, c'est être vain, sot, bête.
C'est ne l'être pas moins que de trop embrasser :
Qui prend trop à la fois ne saurait bien presser.
Les essais en petit ne font pas la ruine :
Innovez prudemment et fuyez la routine.
Fièvre de gros profit perd souvent l'amateur ;
Ne se relève pas qui tombe de hauteur.
Rarement le succès répond à trop de zèle :
Craignons du repentir la morsure cruelle.
Ne mets donc tous tes œufs dans le même panier,
Si tu ne veux mourir à l'hospice, au grenier.
Au danger périra, qui le cherche et méprise :
Tant va la cruche à l'eau, qu'enfin elle se brise.
Qui veut vendre beaucoup, doit vendre à bon marché ;
Qui vend ainsi, toujours trouve bon débouché.
Doit boutique garder qui veut qu'elle le garde :
Quand le maître est absent, rien ne va, ne *liarde*.
Le premier à l'ouvrage, économe de mots,
Voilà son vrai secret pour hâter les travaux.

15. Ménageons bien le temps, étoffe de la vie :
La minute perdue est à jamais ravie.
Bon aujourd'hui vaut mieux que plus d'un lendemain :
Ne remets pas au soir besogne du matin ;
Pouvons-nous être sûrs même d'une minute ?
Qui fait grasse cuisine est près de la culbute.
Qui ne travaille pas ne saurait s'enrichir :
Dès Adam, sans labeur, on ne peut réussir.
Le travail est la loi de la nature humaine ;
Un bon métier vaut mieux que le plus beau domaine.
Tout fruit est d'abord âpre avant d'être sucré ;
Ainsi de tout labeur plaisir est différé.
Pour se plaire au travail faut longue patience ;
Énergie et courage en font l'accoutumance.
Le jeune paresseux, vieillard tendra la main,
S'il n'est point prévenu par un pire destin.

Est-il rien plus navrant qu'une têteblanchie,
Qui traîna sans rien faire une inutile vie ?
L'oisif, le paresseux, ne devraient pas manger ;
Les invalides seuls nous devons soulager.
Un travail non suivi ne donne pas richesse;
Labeur payé d'avance est enclin à paresse.

16. Qui ne sait conserver, sait fort mal acquérir :
A quoi bon tant suer pour laisser tout périr ?
Chez qui n'épargne pas, misère entre à brassées,
Pour ne s'en retourner qu'à petites pincées.
L'économie épargne et fait bonne maison,
Si chicane et procès n'y troublent la raison.
Les plaideurs au public donnent la comédie :
Je plaidais riche hier, aujourd'hui je mendie.
Aux cris des débiteurs les créanciers sont sourds.
Bientôt vide est le sac où l'on puise toujours.
Il faut à tout plaideur, ne fût-il en démence,
Trois sacs : sacs de papier, d'argent, de patience.

Acheter à crédit, payer gros intérêts,
N'est pas moins ruineux que nourrir des procès.
Mauvais accord vaut mieux que justice légale ;
Au dépens des plaideurs, l'avoué se régale.
Pour se ruiner net, il suffit de l'huissier,
D'un prêteur usuraire ou d'un brave banquier.
Je redirai cent fois : Évitez la chicane :
Du château les procès jettent dans la cabane.
Soyez donc économe et non point harpagon :
L'avare n'a d'humain que la face et le nom.
Sans lésine épargnez : Si le bien nourrir coûte,
Mal nourrir coûte plus ; car on fait fausse route,
Quand, épargnant un œuf, on doit en perdre cent:
En rien, trop ni trop peu ne fait l'homme prudent.
Il faut donc pour la soif réserver une poire.
Le peut-il, qui ne sait que manger et que boire ?
Si la boule de neige en roulant se grossit,
Ouvrier travaillant arrondit son profit.

17. Dieu bénit la maison qui secourt l'indigence,
    Qui donne prompt asile à l'humaine souffrance ;
    Qui, n'éconduisant pas de son seuil ses voisins,
    Leur offre avec bon cœur des visages sereins.

18. Sol trop mince sur roc, trop loin ou trop en pente,
    Appauvrit son fermier, son maître, et n'est de vente ;
    L'acquérir, c'est jeter capital, intérêts.

    L'are fumé vaut mieux que trois privés d'engrais.
    C'est vendre son fumier que de vendre sa paille ;
    Et qui ne fume pas, fait malingre semaille.
    L'are veut en fumier au moins cinq cents kilos,
    Dix en amendements de plâtre, marne ou chaux.
    Qui ne fait pas de prés ou gros tas de racines,
    Voit et troupeaux et champs faire piteuses mines.
    Souvenez-vous-en tous : Tourner tout et toujours,
    C'est vouloir ne porter culotte de velours.

19. Le vice qu'on nourrit, fond bien vite une terre ;
    Qui ripaille matin dîne avec la misère.

20. Il vaut mieux, soyez sûr, durant vingt ans glaner,
    Que pendant un instant bien d'autrui moissonner.
    Rien plus vrai : bien volé, non jamais ne profite ;
    Ce qui vient par la flûte, au tambour s'en va vite.
    Mieux vaut souffrir la faim que perdre son honneur :
    L'argent, les dignités ne font pas le bonheur.

21. Le pauvre, homme de bien, est un trésor au monde ;
    On le croit malheureux, et le bonheur l'inonde ;
    Par son bien d'ici-bas, héritage sans prix,
    Il monte radieux aux célestes lambris.
    Homme ! ce qui t'importe est donc la bonne vie ;
    Sa longueur n'est qu'un point, elle est sitôt ravie !
    Il n'est jamais trop tôt de se vouer au bien,
    Ni tard, pour y rentrer, de saisir le moyen.

22. Le hanteur de cafés, de jeux et de guinguettes
Vendra jusqu'à son lit pour acquitter ses dettes.
Heureux si, perdant biens, honneur et bonne foi,
Il ne se heurte point aux rigueurs de la loi!
L'homme n'est-il pas mort, privé de confiance?
Peut-on compter sur qui n'a plus de conscience?

23. Préférons rester seul à certains compagnons :
Il est plus de mauvais que de bons champignons.
Avant de nous lier, faisons longues études :
Des gens que l'on fréquente, on prend les habitudes:
L'ami du fainéant haïra le travail :
Peut-on ne sentir rien, quand on mange de l'ail?
Avec une brebis tout un troupeau se gâte ;
Par un peu de levain s'aigrit toute la pâte.

24. D'un puissant ennemi si tu prétends raison,
Fais comme le roseau, plie et cède au lion.
Ne blessons pas les gens, ami, chose est si rare!
Point d'ennemi petit, quand passion l'égare.
Je veux dans mon ami franchise, loyauté :
Je chéris bien Platon, mais plus la vérité.
Est-il ami, celui qui n'en veut qu'à ma table?
Ce n'est qu'un bas valet, un être détestable.

Aimons-nous en chrétiens: c'est la suprême loi ;
Qui sait la pratiquer est plus qu'un sage, un roi :
La vertu dans le cœur, à cette loi fidèle,
Des bienfaiteurs du monde il suit le vrai modèle.
Chez lui moment d'humeur cède vite à l'amour,
Et sa bile se calme avant la fin du jour.
Heureux le pacifique! il commande à la terre ;
Sans cesse aux passions il sait faire la guerre,
Ne se loue jamais et ne condamne pas ;
Tous ses actes se font par mesure et compas.

Quand j'aurais le savoir des anges et des hommes,

Ainsi que tous les biens de tous tant que nous sommes,
Si je n'ai point l'amour de Dieu, de mon prochain,
L'amour de charité, j'ai ces trésors en vain.

25. On ne saurait trop tôt réprimer la colère ;
Elle est plus que la peur mauvaise conseillère.
Qui pardonne aisément est digne de pardon ;
L'homme dur, implacable, est un tigre, un démon.
Prompt ouir, lent parler, prompt frein à la colère.
Il faut être tout feu, quand un bien est à faire.
Douce voix fait la paix, aigre fait la fureur :
Pour toute dureté soyons remplis d'horreur.
Brise chasse la pluie, et douceur la tristesse ;
Un grand courroux fléchit devant une caresse :
Les guêpes l'on attrappe avec un peu de miel,
Ce qu'on ne saurait faire avec vinaigre ou fiel.

26. Pour s'enrichir, il faut avoir payé ses dettes,
Et de toute rapine avoir les deux mains nettes.
Dès lors, on peut, forgeant, devenir forgeron,
Et par de bons moyens faire bonne maison.

27. Ne l'oublions non plus : il faut qu'un seul commande,
Sinon, dans le logis, tout craque et se débande.
Mais pour bien commander, faut avoir obéi.
Bon maitre par les siens est toujours bien servi.
D'un vrai chef d'atelier, l'âme, toujours active,
A soin de ne souffrir aucune main oisive.
Pourtant le corps, l'esprit, ont besoin de repos :
Ils en ont un très-doux, alternant leurs travaux.
Est-il rien de plus beau que voir ouvrier sage
Se délasser les bras, lisant un bon ouvrage,
Et quitter la charrue ou le bruyant marteau,
Pour rafraîchir par là son corps et son cerveau?

28. Pour choisir un état, faut réflexion mûre :
A tout pied ne va pas tout soulier ou chaussure.
De mon père vaut mieux l'humble condition,

Que sécher jalousant haute position.
Ne faut aller au bois sans prendre sa cognée,
Ni, sans biscuit, cingler vers la rive éloignée.
N'entreprenons donc rien contre notre talent ;
Ne comptons que sur nous devant un cas pressant.

Folie est de bâtir quand on pourrait louer ;
Ce long drame n'est pas facile à dénouer.

29. Un seul œil à qui vend et cent à qui marchande.
    Des fraudeurs, des escrocs, est si longue la bande !

30. Rien ne peut suppléer du chef l'œil vigilant ;
    Le bon vendeur toujours a fait le bon chaland.
    Garde-toi des *finauds* faisant les bons apôtres ;
    Ils sauront te duper, ils en ont trompé d'autres.
    Des inconnus, à temps, sache te défier ;
    Prudence à bonne foi faut savoir allier :
    Pour la faire avaler, on dore la pilule ;
    Afin de te jouer, on te flatte, on t'adule.

    De l'homme simple et franc, pas de pire poison
    Que le plat flagorneur, de l'enfer vrai tison.
    On ne peut juger l'homme à sa mine, à son linge :
    Singe habillé de soie est toujours un vrai singe.
    Je le redis encor : singe est l'adroit flatteur,
    Qui, dans le flatté, voit son futur testateur ;
    Singe est le vain bourgeois, qui pousse la démence
    A vouloir égaler du prince l'opulence ;
    Singe est l'usurpateur du rôle de loustic,
    Qui, croyant bonnement divertir le public,
    En fade goguenard à ses dépens fait rire :
    Chose honteuse à faire est non moins folle à dire.

31. Gardons notre secret comme celui d'autrui :
    Pour avoir trop parlé, souvent il en a cui.
    Médire des absents, c'est noire perfidie ;
    Qui ne les défend pas, se met de la partie.

Du pauvre qui nous doit n'aggravons pas les maux ;
Payons à l'ouvrier le prix de ses travaux.

32. Bon soc sert le pays mieux qu'épée ou négoce,
Et que vieux parchemins ou que doré carosse.
Il est de sottes gens, et non de sot métier ;
Le bon cultivateur vaut le brave officier.
Tout brillant n'est pas d'or, ni bonne toute sauce ;
La gloire qui ravage est une gloire fausse.
Fais le bien, laisse dire, et poursuis ton chemin,
En consacrant tes jours au Dieu du genre humain.
Ce Dieu sait tout peser dans sa juste balance ;
En lui l'homme de bien trouve sa récompense.

33. Couche-toi de bonne heure et lève-toi matin,
Tu croîtras ton bonheur, ta santé, ton butin.
Vaut mieux fortes sueurs que bayer aux corneilles,
Que rêver, bras croisés, châteaux, monts et merveilles.
Qui se couche trop tard, trop tard se lèvera,
Trop tard verra son champ, et maigre dînera.
Renard qui dort toujours, n'attrape jamais poule ;
Jamais mousse ne prend à la pierre qui roule.
En mittaines le chat ne pince la souris.
La plus belle maison vole en mille débris,
Quand personne ne songe à la tenir solide :
Sac se tient-il debout du moment qu'il est vide ?
Ne brusquons pourtant rien ; hâtons-nous prudemment :
Qui sait attendre, arrive à saisir bon moment.
Patience avec temps vient à bout de tout faire ;
Goutte, toujours tombant, perce à la fin la pierre.

34. Qui vend la peau de l'ours sans l'avoir abattu,
Ne pourra la livrer : la prudence est vertu.
Faire claquer son fouet, c'est être vain, stupide :
Plus que le tonneau plein, fait bruit le tonneau vide.

35. La misère en haillons s'attache au fainéant ;
Elle n'ose guetter dans l'atelier bruyant.

Le ciel aide qui s'aide; il est un sûr moyen
De rendre tout aisé : prévoir, commencer bien.

36. Cher laboureur, choisis pour ton fils, au village,
La fille de parents vivant en bon ménage ;
Celle dont le logis parait le mieux tenu:
Elle lui donnera bons fils, bon revenu.
Prenant plants de bons fruits, de bons parents la fille,
On est certain d'avoir biens, honneur de famille.
Qui n'en veut qu'aux attraits, à l'argent, au blason,
Est sûr de faire entrer le diable en sa maison.
La femme de parade en devient la ruine ;
Ce démon en jupon y porte la famine.
Bon renom vaut bien mieux que la ceinture d'or,
Et modeste vertu que semblable trésor.
Loin donc et la poupée et l'oisive pimbèche,
Et garde-toi non moins de l'aigre pie-grièche.
Au besoin, femme doit surveiller les travaux,
Savoir et sa maison, tes champs et tes troupeaux.

37. Assolez pour quatre ans au moins, en parts égales,
Vos labours, si vous voulez tripler vos céréales.
Proscrivez les *sommards* (1), la jachère, et jamais
Ne semez blé deux ans sur les mêmes guérets ;
Car les meilleurs terrains, faute d'alternative,
Ne rapportent bientôt que récolte chétive.
Cependant, grand fumier les entretient féconds :
A preuve, des jardins, des chanvres les sillons.

38. On gagne une saison en plantant en automne.
En mars, détruis partout la chenille laronne ;
Démolis jusqu'en mai des taupes les amas.
Sans fin, guerre aux rongeurs, souris, limaçons, rats (2).

(1) Le repos, le somme de la terre.
(2) Le meilleur moyen de détruire les rats, les loirs, etc., c'est de faire infuser de l'avoine dans de l'eau où l'on fait fondre le phosphore d'un paquet d'allumettes chimiques; de laisser essuyer, et de répandre les grains dans les endroits où vont ces animaux; après quoi, placer l'assiette pour qu'ils y boivent.

Des oiseaux et des nids respecte l'existence :
D'insectes ravageurs ils dévorent l'engeance.
Ne donne pas de trêve aux fléaux des fermiers :
Putois, blaireaux, renards, loups, aigles, éperviers.

Caresse ton bétail, tes bœufs, tes attelages ;
Car, dur, tu les rendrais dangereux ou sauvages.
Un ton accentué fait plus chez, les Anglais,
Qu'ici les gros jurons et les grands coups de fouets.

39. Avant de récolter, inspecte tes voitures ;
Tiens propres tes greniers, répare tes toitures ;
Assure-toi des bras, entretiens tes chemins,
Et donne aux ouvriers aliments et lits sains.
L'eau seule leur va mal : une boisson vineuse
Rendra leur assistance et gaie et chaleureuse.
Ne pas les bien tenir les force à tout gâcher :
Faut tondre ses brebis, mais non les écorcher.

40. Enfin, laboureur, fuis du chasseur la paresse,
Si bientôt tu ne veux tomber dans la détresse.
De même interdis-toi le métier de pêcheur,
Et la fièvre surtout de l'effréné joueur :
Quelle distance d'eux à l'ouvrier habile
Qui, pour prendre repos, pratique un art utile ;
Dessine, écrit ou lit, et, par de bons moyens,
Apporte le progrès et le bien-être aux siens ;
Qui fait, refait, parfait des outils, des machines,
Hoyaux, râteaux, semoirs, coupe-paille ou racines,
Ou cent petits objets aisés à fabriquer !
Combien d'autres métiers sont bons à pratiquer !
Le tour, et le rabot, et l'ébénisterie,
Ont des charmes puissants pour l'humaine industrie ;
Elle en trouve non moins aux conserves des fruits,
Et se fait doux trésors de leurs divers produits.

CHAPITRE III.

Erreurs, superstitions et préjugés populaires.

41. Au bonheur des humains, il n'est rien plus contraire,
    Que les faux préjugés, les erreurs du vulgaire,
    Les superstitions, poisons pernicieux,
    Que fuit avec grand soin l'homme religieux.
    Citons les principaux : Dans les temps de disette,
    Croire aux accapareurs est une erreur complète ;
    Aux empoisonneurs d'eau, d'aliments, de boissons ;
    Aux sorts sur les troupeaux, sur les prés, les moissons ;
    Aux perfides discours de qui le peuple berne,
    En taxant de voleur le pouvoir qui gouverne ;
    En faisant croire aux sots qu'un bon horticulteur,
    De son propre jardin est le dévastateur ;
    Aux braillards ne sachant que pêcher en eau trouble,
    Gens de sac et de corde, êtres à face double ;
    Aux piliers de cafés, hurlant contre les lois,
    Voulant tout renverser, mettre tout aux abois ;
    A l'efficacité de vaines amulettes ;
    Aux prétendus malheurs qu'annoncent les comètes;
    A l'astrologue fourbe, au chiromancien (1),
    Au diseur de fortune, au nécromancien :
    Quelles tristes erreurs ! Devin sait mieux qu'un autre
    Nous attrapper nos sous, en fort habile apôtre.
    Des astres les aspects, les lignes de la main ;
    Des cartes les hasards, avec notre destin,
    N'ont jamais de rapport, pas plus qu'une comète
    Qui glace de frayeur une trop faible tête.
    Si du monde moitié sait bien l'autre duper,
    C'est que cette autre prête à se laisser tromper ;

---

(1) L'astrologue se donne pour connaître l'avenir par l'inspection des astres, le chiromancien par l'inspection des lignes de la main, t le nécromancien par l'évocation des morts.

Elle ignore, on le sait : on s'en joue, on la gruge,
Sans respect pour la loi, pour le souverain Juge.

42. « Vol et cri des oiseaux, chien dans la nuit hurlant,
Avec corbeau criard et loin de nous volant,
Annoncent des malheurs, » exclame la bêtise.
Le sot, un vendredi, ne tente d'entreprise,
N'est à table treizième, et pâlit quand le sel
Vient à s'y renverser. Il invoque le ciel,
Si fourchette et couteau sont en croix sur la table.
Bien plus, deux brins croisés lui font frayeur de diable.
A la mèche allumée, il brille un champignon :
S'il n'arrive une lettre, il aura du guignon.
De l'âtre ou du foyer l'étincelle pétille :
Bien sûr, l'éclat l'invite à noce de famille.

43. Pour le sot, ce n'est point froid de mars ou d'avril,
Mais leur lune, qui met nos vignes en péril.
Quand nuit froide, au printemps, roussit la tendre plante,
De ce fléau public la *Rousse* est innocente ;
Car cet astre fondrait dans l'espace sans fin,
Que nous n'aurions ni plus ni moins de fruits, de vin.

44. Il faut du merveilleux au vulgaire, aux badauds :
Voyez-vous ébahis tous ces pauvres-nigauds
Aux tours de passe-passe et de charlatanisme,
D'adroit escamotage et de fin magnétisme ?
Ils ne se doutent point que compères divers
Conspirent à jeter leurs esprits à l'envers,
A vider les goussets de gens sans défiance.
Les jongleurs sont adroits : c'est toute leur science.

45. Le sage saurait bien redresser une erreur ;
Il ne la heurte point, quand un plus grand malheur
En naîtrait pour un peuple imbu d'une foi vaine ;
Il se plie à regret à la faiblesse humaine.
D'anciens législateurs ont même, quelquefois,
Dit les tenir du ciel, pour imposer leurs lois.

46. Encore une folie, incroyable, étonnante!
   Une gent d'esprits forts, gent instruite, se vante
   D'évoquer, qui sait d'où ? génie, esprit, démon,
   D'en inspirer panier, et table, ou guéridon,
   Voire chapeau feutré, pour rendre des oracles !
   Et notez que tels fous récusent nos miracles !
   Ces fourbes faisant chaîne avec fourbes d'accord,
   Font jaser l'évoqué sur la vie ou la mort !
   Ils disent l'avenir ; mais aucun ne sait l'heure
   Où le juge le somme ou vient dans sa demeure.
   Arrière ! la raison n'admet point de sorcier,
   De devin; et jamais bâton de coudrier
   N'indiqua ni trésor, ni source, ni fontaine.
   Une baguette fut, dans la main souveraine,
   L'emblème du pouvoir. Un peuple avec son roi
   Peut aplanir les monts, aux mers faire la loi :
   Est-il rien d'impossible au chef que son peuple aime ?
   L'amour, pour gouverner, est le secret suprême.

47. Le dieu de vérité s'est par fois révélé,
   Mais jamais à l'escroc sur tréteaux installé.
   Le ciel se manifeste à quelques âmes pures :
   Aux prophètes, aux saints, la fleur des créatures.

48. Le douillet, la douillette, aux nerfs trop délicats,
   Pâlissent à l'aspect de souris ou de rats,
   De crapauds ou d'engrais, et clament assistance :
   Dirait-on que tous deux sont de l'humaine essence ?

49. Travers plus sérieux : c'est quand plus grand que nous
   Veut primer, et courber le faible à ses genoux ;
   Ou quand, frisant le pauvre, il fait une grimace ;
   Quand peuple hait un peuple, ou classe une autre classe.
   Sous la bure, souvent, il est plus de vertu
   Que chez l'homme de soie ou de fin drap vêtu.
   L'Anglais vaut le Français, lorsque tous deux sont braves;
   A la fraternité faut ne mettre d'entraves.

A chacun le respect, s'il honore son rang :
Rouge est le sang du noir, rouge le sang du blanc.
Au riche, d'où provient l'or, l'argent dont il brille ?
Le noble art du labour, voilà ce qui l'habille.
Moins coupables étaient, dans les temps reculés,
Les forgeurs de titans et de dragons ailés,
Les changeurs en serpent, en rocher, fleuve ou plante,
En astres éclatants, en flamme dévorante.
Au peuple alors enfant il fallait des hochets,
Ainsi qu'à nos moutards nous donnons des jouets ;
Car alors, sans danger, le crédule vulgaire
Peuplait la terre et l'air d'un monde imaginaire.

50. Aujourd'hui même encor, l'hallucination,
De fantômes affreux forge une légion :
Farfadets, loups-garous, lutins et dames blanches.
La nuit, la peur montrant buisson dressant ses branches
En fait un assassin, un géant, un voleur.
Le cri du chat-huant annonce un grand malheur.
Un gaz en feu-follet, au sein de l'air s'enflamme :
La peur y voit, pour sûr, le tourment de quelque âme.

51. Autre erreur : le joueur rêve de numéros ;
Le destin le prévient qu'il aura de gros lots.
Peut-il ainsi rêver sans attraper un quine ?
Il a songé ; vers lui la fortune s'incline.
On rêve de cheval, c'est qu'on a des amis ;
Si de chat, si de bec, on a des ennemis.
Arrêtons-nous, sachant qu'estomac trop plein songe,
Et que toute erreur vient de l'esprit de mensonge.

CHAPITRE IV.

Préceptes d'hygiène ou bonne santé.

52. Veux-tu toujours garder florissante santé ?
Autour de toi, sur toi, chéris la propreté.

La propreté vaut plus que tout l'art d'Esculape ;
Par elle sûrement aux drogues l'on échappe.
Grâce à cette vertu, cent maux (1) laissent en paix,
Dans les brouillards du Nord, l'Anglais, le Hollandais.

53. A l'aspect du midi j'établis ma demeure ;
Cette position fut toujours la meilleure.
Que le sol en soit sain, pur et bien aéré,
Et des marais fiévreux largement séparé.
A l'abri des grands vents et des coups de la bise,
Toute habitation demande d'être assise.
Que le jour avec l'air y pénètre amplement,
Et que haut, spacieux, y soit l'appartement.
Sans lumière et sans air, tout meurt rien ne respire ;
Et phthisie et langueur exercent leur empire.

54. En un lieu bien fermé, gardons-nous de brûler
Ni braise ni charbon, même d'y recéler
Vernis ou fortes fleurs, objets dont les acides
Commettent parmi nous des milliers d'homicides.
La chaleur n'y doit point passer quinze degrés.
Aimez coucher sans feu. Jamais ne pénétrez,
Brusquement et soudain, d'une vive lumière
En un lieu trop obscur, ou bien tout le contraire :
Vos yeux en souffriraient. Au disque du soleil
Ne les opposez pas sans un bon appareil.
Evitez d'un fourneau la flamboyante gorge,
Le reflet de la neige et du fer que l'on forge.

55. Les vêtements étroits, le maillot, le corset
Tournent l'enfant en guêpe, en piteux marmouset,
Voire en petit chameau, de nos gamins la fable,
Quand ils ne lui font pas un sort plus déplorable.
Chaussure trop étroite engendre cors, oignons,
Cruels bourreaux des pieds pour qui les veut mignons.

_____

(1) Toutes les maladies de la peau, lesquelles proviennent de la malpropreté.

L'hiver, vêtements chauds ; l'été, mise légère ;
Tissu sombre aux jours froids; aux brûlants, couleur claire.
Ne reste pas suant en un courant glacé.
De boire eau froide ou lait ne sois pas empressé,
Si tu veux t'épargner maux de dents, de poitrine.

Que de la tête aux pieds mon lit baisse et s'incline.
Le bain froid est très-bon, le chaud est énervant :
Gardez-vous du premier, quand vous êtes suant.
Aux senteurs, aux onguents, vrais poisons pour la bouche,
Ruine des cheveux, l'homme sensé ne touche.

56. Le meilleur aliment de l'enfant au berceau
   Est le sein de sa mère, avec eau de gruau.
   Joignez à ces nectars, vers le temps du sevrage,
   Quelques cuillers de soupe ou de léger potage.
   Qu'à deux ans, le marmot use de tous les mets ;
   En quatre ou cinq repas, réglez tous ses apprêts.
   Vert légume en été, bienfaisante salade,
   L'empêchent de brûler et de tomber malade.

57. L'usage trop fréquent de l'art du charcutier,
   De dartres, lèpre et gale est souvent le courtier.
   Tout excès de liqueurs et d'épices brûlantes,
   De la cruelle goutte engendre ardeurs poignantes,
   Rhumatismes aigus, tempêtes d'intestins,
   Rétentions d'urine et cent pareils destins.
   Toutefois le bon vin, ce lait de la vieillesse,
   Du grand âge soutient l'honorable faiblesse.
   Il faut à tout vieillard un aliment léger.

58. Nous sommes aux boissons, compagnes du manger :
   La meilleure, c'est l'eau, quand elle est claire et pure,
   Et qu'elle est au degré de la température.
   Vin pur, qui nuit toujours à l'enfant, aux parents,
   Mine l'esprit, le corps, chez les adolescents.
   Non fermenté, tout boire est trop lourd et nuisible :

Laissons-le bien bouillir, il est fort digestible.
Buvons-en sobrement; car en prendre à foison
Débilite le corps et trouble la raison.
Ainsi l'homme en pourceau se change par sa faute.
Des insalubres eaux nous avons l'antidote
Dans un fil de vinaigre ou de spiritueux :
Prenons thés ou cafés plutôt que vins fougueux.

59. De tous les charlatans fuyez les spécifiques ;
Laissez-les seuls clamer sur les places publiques.

60. L'action doit sans cesse alterner le repos :
Qu'après un court sommeil reviennent les travaux ;
Car, privés de l'un d'eux, le corps, l'esprit, tout s'use.

61. L'enfant brise à sept ans le jouet qui l'amuse ;
L'école le réclame : alors, plus sérieux
Deviennent son travail, ses courses et ses jeux.
Un cheval, un fleuret, le gymnase, la danse,
De ses brillants succès seront la récompense.
Il peut les pratiquer, pour donner à son corps
Souplesse, force, adresse et gracieux dehors.
Un maintien vicieux qui tourne en habitude,
Ne se corrige pas sans peine, sans étude.
Que d'enfants bien venants, pour avoir contracté
Pose et port de travers, perdent grâce et santé !
Qu'il préfère au gymnase, à la danse, à l'escrime,
Pour donner force au corps, le rabot ou la lime :
Trahi par la fortune, il peut perdre son bien ;
Un métier le refait, alors qu'il n'a plus rien.

62. Des drames, des romans, redoutons la lecture ;
Car il en est fort peu qui laissent l'âme pure :
Pleins de faux, ces produits empoisonnent les mœurs,
Donnent des maux de nerfs et dessèchent les cœurs.
Finissons par ces mots, dictés par la sagesse ;
Point d'excès, rien de trop ; bonheur passe richesse.

SALUBRITÉ PUBLIQUE.

63. Aux magistrats le soin de la salubrité ;
Le maire doit veiller au bien de la cité.
A lui de la pourvoir de larges, belles rues,
De parcs, jardins, bosquets, de places étendues,
Où nous puissions chacun respirer le grand air :
Pour prendre un doux repos, rien n'est meilleur, plus cher.
Eloignons des maisons toutes les immondices,
Sur la santé commune exerçant leurs sévices.
A tout liquide impur ouvrons de bons canaux ;
Plaçons loin des cités le saint champ du repos.
Loin aussi l'abattoir, le lieu d'équarrissage,
Les ateliers malsains, le chalet du fromage,
Les fours fondant la graisse ou calcinant les os,
De morbides vapeurs suffoquants soupiraux.

N'épargnons pas l'argent pour nous pourvoir d'eau saine
Impure, l'eau toujours dîma la gent humaine.

Au magistrat encore incombent d'autres soins :
De ses administrés, s'il connait les besoins,
Il ne souffrira pas qu'en vente se produise,
Insalubre ou fraudée, aucune marchandise ;
Il saura maintenir l'ordre et la bonne foi ;
Bon comme un père, il est esclave de la loi.
S'il joint en tout, pour tous, l'agréable à l'utile,
Il gagnera l'estime et l'amour de sa ville.

64. L'Église s'entend mieux que les pouvoirs divers
A la félicité de ce bas univers ;
Un exemple cité nous dispense du reste :
Par un bonheur qui passe, elle mène au céleste.
Unissez-vous, dit Dieu, par le Verbe divin ;
L'amour, l'amour ! voilà le bien du genre humain ;
Et tout homme, et tout peuple est d'un autre le frère :
Chacun est, par l'amour, de chacun solidaire.
Si tout abonde ici, quand disette est plus loin,

Qu'amour vole aussitôt soulager ce besoin.
C'est par là que chacun conspire au but suprême,
Par là que se résout du bonheur le problème.
En certains jour le ciel nous paraît inclément :
En écoutant l'Église, on les passe aisément :
Par l'abstinence, il fait suffisante réserve,
Quand du jeûne la loi le peuple entier observe ;
Nous pouvons, la gardant gaîment déterminés,
Fuir encore les maux aux gourmands acharnés.
L'âme comme le corps exige ce remède ;
Qui jeûne est médecin, et chargé d'ans décède.
Au jeûne, si l'on joint la vie à bon marché,
Et le commerce libre avec franc débouché,
On ne saurait revoir famine ni disette.
Voici du bon marché l'importante recette :

Associations : Sans communs intérêts,
L'homme vit isolé, malheureux, sans progrès.
Dès qu'il vit seul à seul, eût-il honnête aisance,
Il n'a pas le bien-être et triple sa dépense.
Vivre à dix, c'est fort bien ; à cent, c'est mieux encor,
Lors la communauté décuple son trésor.
Le soldat coûte peu, grâce à la compagnie:
Il en doit être ainsi dès que l'on s'associe.
Quel était, dites-moi, du monde le destin,
Lorsque chacun faisait et sa toile et son pain ;
Quand le lait se pressait au sein de tout ménage ?
Léger est tout fardeau, quand chacun le partage.
L'association adoucit tous les maux,
Du feu, de l'eau, des vents supprime les fléaux.

CHAPITRE V.

Bienséance et civilité générale et particulière.

La politesse est à l'esprit
Ce que la grâce est au visage ;
De la bonté du cœur elle est la douce image,
Et c'est la bonté qu'on chérit.
(VOLT.)

65. Le devoir n'est pas tout ; une bonne manière
L'embellit, comme l'or embellit la matière ;
Comme le lapidaire imprime au diamant
De cent soleils jumeaux l'éclat le plus charmant.
Ainsi brille un jeune homme orné de politesse ;
En ses dehors tout plaît, tout prévient, rien ne blesse :
Maintien, démarche, allure, air réservé, prudent,
Chez lui, rien d'affété, de raide, de pédant.
On ne le voit jamais trancher du petit-maître,
Ou pire se montrer que Dieu ne l'a fait naître,
Ni, comme un télégraphe, au vent gesticuler,
Dandin, se pavaner, se désarticuler.
Grave, il n'affiche point l'apathique indolence,
Signe de la paresse et de la nonchalance ;
Contre un mur ne s'appuie ou s'accoude au dossier ;
Ne se rengorge point en superbe coursier.
S'il ne se courbe pas en ridicule arcade,
Il évite non moins une vaine parade :
Il ne croise en public les jambes, les genoux,
Il ne s'ébat jamais, comme font certains fous.
Quand chacun reste assis, il conserve sa place,
Et ne se lève pas que chacun ne le fasse.
Et son âme et son corps sont l'ouvrage du ciel ;
Il a pour l'un et l'autre un respect mutuel.
Une démangeaison, une faible piqûre
Ne lui font pas quitter une honnête posture.

TÊTE ET OREILLES.

66. De l'âme notre tête est le divin séjour ;
Rien n'en doit émaner qu'un fraternel amour.
Elle a des mouvements d'insigne impolitesse,
D'insultes et d'humeur ou d'un mépris qui blesse :
Pourquoi ne pas les fuir ? — L'oreille est le canal
Que tient propre le bien et que salit le mal ;
Respect à cet organe ! et que nulle parole
N'y pénètre mauvaise, indécente ou frivole.
Y parler, y crier, porter au nez ses doigts,
De la civilité c'est violer les lois.

MODESTIE.

67. Rien ne relève tant que l'humble modestie ;
De cent autres vertus elle est la garantie.
L'homme modeste en tout tient un juste milieu.
Sans elle, à toute grâce il faudrait dire adieu.
Elle est du bon maintien l'agréable parure,
De l'esprit et du cœur le charme, la dorure.
Point donc de mouvement de tête ou de main,
De bouche, de regard, exprimant le dédain.
Donner à son visage un air dur et farouche,
Licencieux, léger, effronté, fat, ou louche,
Blesse la modestie et révolte les gens :
Tomber dans ces défauts, c'est manquer de bon sens.

68. Ne vous échappez point en paroles grossières,
Jurons, obscénités, propos des harengères.
Sachez vous modérer ; car si trop gratter cuit,
De même trop parler au causeur souvent nuit (1).
Coup de langue on guérit bien mieux qu'un coup de lance :
On se gare du fer, non de la médisance.

69. Ne nous fâchons jamais : c'est ressembler aux fous,

(1) Il a paru bon de répéter ici ces proverbes.

Que d'agir ou punir, quand on est en courroux.
Sachons que bien parler n'écorche pas la bouche,
Que bonté, que douceur, gagne les cœurs, les touche.

70. Crier et non parler, ses cheveux attifer,
Perdre un temps précieux au vêtir, au coiffer,
Ouvrir la bouche en four ou la tordre en grimace,
La bourrer de façon à n'y laisser de place,
Tirer, téter sa langue à se faire un museau,
Cracher à droite, à gauche, en dégoûtant pourceau,
Coudoyer ou pousser avec qui l'on converse,
Fatiguer de ses pas la foule qu'on traverse,
Se dandiner, marchant sur la pointe du pied
Ou bien sur ses talons: ces fautes font pitié.

71. Donner à qui nous prime une main familière,
La présenter sans gant à la femme étrangère,
Ou bien la lui presser, sont actes de butor :
Evitons ces défauts et bien d'autres encor.
A tout supérieur, aux femmes, puis à l'âge,
Cédons et place et pas: c'est leur juste partage.
Dans les ris, dans les jeux, évitons les éclats ;
Et si quelqu'un trébuche, excusons son faux pas.

72. Si, bras dessus, dessous, un groupe libertin
Vous bouscule les gens, leur barre le chemin,
Laissez passer : Aux fous, durant leurs promenades,
De heurter le public, de faire des gambades.

REPAS.

73. La vertu de l'enfance est la sobriété ;
Qui l'outrage, s'expose à perdre sa santé.
Pour la table aussi bien faut à l'homme une règle ;
Qui n'en reconnaît pas, ne saurait être un aigle.
A l'enfant, au manœuvre, il faut quatre repas.
Deux à tout écrivain, trois à d'autres états.
N'avalez pas tout rond en goinfre, en franc vorace,
Ou bien en vrai douillet qui sur tout mets grimace.

Le bâfreur de métier fait entrer dans son flanc
Et rhumatisme aigu, et goutte, et coup de sang.
Celui qui mange trop, en est toujours victime.
Je porte un estomac et non point un abîme.

74. Qu'au repas d'apparat, au banquet solennel,
Préside la gaîté d'un amour fraternel.
Au maître du festin d'assigner chaque place;
Ne vous asseyez point que le chef ne le fasse.
Ici, comme au salon, personne n'est couvert.
Celui qui fait les parts, le tout dernier se sert.
Avant tous les messieurs, passent toutes les dames,
Suivant l'âge et le rang: c'est un droit de nos femmes.
Quand circule le plat, c'est toujours par devant.
Si votre assiette est propre, offrez-la doucement
À votre près voisine, à qui, pour la sortie,
Vous donnerez le bras d'une façon polie,
Pour rentrer au salon, où le chef du festin,
A la plus digne dame avait donné la main,
La menant au banquet.— N'abordez jamais femme,
Sans incliner le front par respect pour la dame.

75. Au bal, comme au repas, la beauté perd ses droits :
Politesse et raison y sont les seules lois.
Un choix marque souvent un étourdi caprice;
De jeunesse et beauté faites le sacrifice.
Si parfois mauvais fond se cache en un beau corps,
Belle âme, grâce, esprit, rachettent laids dehors.

76. Gardons-nous de parler par trop de bonne chère,
De prendre avec les doigts dans la blanche salière,
De faire ou de lancer des boulettes au loin,
De quitter notre siège à moins de vrai besoin,
De sortir du banquet, sinon pour des affaires,
En faisant des adieux, alors peu nécessaires ;
D'interpeller les gens chaque fois par leur nom ;
Enfin de sommeiller : ce serait mauvais ton.

POLITESSE.

77. Du modeste au poli le passage est facile.
Vivre, parler, agir d'une façon civile,
Voilà l'homme poli, la perle des salons,
De qui je ne veux voir se tourner les talons,
Qui brille du vernis de nos meilleurs usages,
Et qui, par tout son être, obtient tous les suffrages.
Sympathique, décent, bon et respectueux,
Il porte en lui le fond de l'homme vertueux.
Il parle à ses amis avec pleine franchise,
Prend la sincérité pour unique devise.
Il traite avec bonté tous ses inférieurs ;
S'adresse avec respect à ses supérieurs ;
Ne les aborde point le chapeau sur la tête,
Ni la main au gousset, prévenance indiscrète.
Il ne lit point à part ; mais il lit d'amitié
A tous les assistants, lorsqu'il en est prié.
Avec le bout du doigt il ne montre personne ;
Des éclats de sa voix aucun lieu ne résonne ;
Il honore des gens la réputation,
La mémoire des morts et la religion.
Plein d'amour pour chacun, entendant raillerie,
Pieux sans bigotisme ou sans tartuferie,
Il discute avec calme et ne dispute pas :
Témoigner de l'humeur, c'est faire un mauvais pas.
Ne se moquant en rien des personnes difformes,
Ses faits à ses discours restent toujours conformes.
Sans vouloir s'imposer au commun entretien,
Si chacun dit son mot, il dit aussi le sien ;
Jamais à le défendre il ne s'opiniâtre ;
En riposte, il ne prend un ton acariâtre.
En louant le mérite, il est loin d'aduler ;
Et, si quelqu'un l'encense, il ne sait point s'enfler.
S'adressant poliment à qui fait un mensonge,
Il ne dit pas : *tu mens*, ni même : *c'est un songe* ;
Mais bien : *excusez-moi, si je vous contredis ;*
Dans votre bonne foi, quelqu'un vous a surpris.

Si l'on accueille mal cette sage réserve,
Il s'incline et se tait ; on l'admire, on l'observe.
Quand l'homme contredit s'échappe en mots grossiers,
Sur lui, par le silence, il grandit de cent pieds.
Dent pour dent, œil pour œil, ce proverbe barbare
N'est pas le sien ; de plus doux il se pare.
Le *oui*, le *non* tout courts ne lui conviennent pas ;
Ces mots, durs pour son cœur, sont trop secs et trop bas.
Il prend un meilleur tour : *non, Monsieur, oui, Madame.*
Ainsi l'homme poli sait aller jusqu'à l'âme.
Il ne dira non plus, en bâtard citadin :
Approche, paysan ; écoute donc, pékin ;
Mais, d'un ton de candeur : *Mon ami, mon amie,*
Faites ceci, cela ; venez, je vous en prie.

78. Charger de compliments, d'une commission,
L'homme supérieur à ma condition ;
Sans enveloppe, écrire à de hauts personnages,
Ce serait me montrer novice en fait d'usages.
Plus haut est la personne à qui vous écrivez,
Plus bas lettre commence ; et, quand vous achevez,
Signez ces mots : *Je suis avec reconnaissance,*
Ou mieux, *avec respect, avec obéissance.*
Le supérieur dit : *Avec affection,*
Avec estime, ou bien *considération.*

SERMENTS ET GROS MOTS.

79. Jurer de faire mal est une grave faute ;
Faire le mal juré, c'en est une plus haute.
Les mauvais entretiens des mœurs sont le poison ;
Ils gâtent à la fois le cœur et la raison.
Fuyez tous les gros mots, les jurons, les blasphèmes,
Paroles à salir les décrotteurs eux-mêmes.
Rien ne se retient mieux que les propos grossiers,
Les imprécations, les termes orduriers.
Ils se gravent si vite au fond de la mémoire,
Qu'il faut être un vrai porc pour s'en faire une gloire.
De famille de fous ne taxons aucun sang :

Il est faibles esprits jusques au plus haut rang.
Aux enfants n'opposons les fautes de leurs pères :
A ces fils innocents, elles sont étrangères.

ÉGLISE.

80. Si tu dois te montrer convenable en tout lieu,
Sois humble et recueilli dans la maison de Dieu.
Entrant, du bout des doigts, signe-toi d'eau bénite ;
Mais d'abord offres-en à ta plus digne suite ;
Puis va, silencieux, à ta chaise, à ton banc,
Sachant bien qu'au temple est égalité de rang.
A personne n'y parle ou ris, et n'y regarde
Derrière ou de côté. Si pourtant, par mégarde,
Tu vois visage ami, fais un léger salut.
Du genou bas à Dieu chacun doit le tribut.
Bâiller, tousser, moucher ou cracher avec trouble,
Dans le lieu de prière est un manquement double.

VISITES.

81. Bien que l'on doive fuir métier de visiteur,
De fâcheux, bas valet, ou vil adulateur,
Le devoir cependant veut certaines visites :
D'abord aux affligés, aux misérables gîtes,
Aux parents, aux amis, à nos supérieurs ;
Puis à nos près voisins, surtout aux bienfaiteurs ;
A qui donne à manger, et ce, dans la huitaine ;
Enfin aux magistrats.— Une loi souveraine
Prescrit de visiter, au brillant jour de l'an,
Jusqu'à des ennemis : un généreux élan
Peut nous les regagner.— Ne visitez personne
L'avant-midi ; ce tort guère ne se pardonne.
Ne visitez non plus aux heures des repas,
Ou quand vous savez bien que l'on ne reçoit pas.
Agitez doucemement la porte ou la sonnette,
Et ne récidivez que d'une main discrète.
Gardez-vous bien d'entrer dans la chambre, au salon,
Sans en être prié ; ce serait mauvais ton.
Si vous êtes reçu, d'abord à la maîtresse,

Ensuite au maître, allez faire la politesse;
Puis saluez à droite, à gauche et le milieu;
Avancez pas à pas, quand le permet le lieu.
Lorsque le visité vous parait en affaire,
Attendez son moment, par crainte de déplaire.
Sans en être prié, personne ne s'assied,
Le siége le plus humble est celui qui mieux sied.

Avez-vous acquitté votre commission?
Si vous êtes de trop dans la réunion,
Retirez-vous sans bruit, sans être aperçu même;
Car, d'être dérangé, tout nombreux cercle n'aime.
Mais si du visité, plus haut que vous placé,
Vous êtes reconduit, il serait offensé,
Si vous n'acceptiez pas l'honneur qu'il veut vous faire.
Ne pas refuser net est alors nécessaire.
Pas de visite, enfin, de sexes différents,
Surtout de tête-à-tête entre les jeunes gens.
Celui qui reconduit va jusques à la porte,
Lorsque du visiteur âge ou rang le comporte;
A ce point seulement se dit le bon adieu.

JEU.

82. Si vous êtes prié de prendre part au jeu,
Acceptez, mais ayant les qualités requises:
Savoir perdre et gagner de sang-froid et sans crises;
Connaître bien son monde et le jeu proposé;
Car, parmi les partners est parfois un rusé.
Qui se fâche, ne doit faire aucune partie.
Gros enjeu, forte mise, en doit être bannie.
Fuyez les tapis-verts, repaires de fripons,
Cavernes de voleurs, enfers de vrais démons,
De tricheurs, de filous, tous gibier de galères,
Ou de grecs conjurés avec de fins compères,
Affidés dangereux, de bonne foi plâtrés,
Se faufilant partout, trop souvent ignorés.
Au jeu, qui se hasarde avec cette vermine
En sera dévoré; certaine est sa ruine.

Ne pratiquez jamais aucun jeu de hasard ;
Mon jeu, c'est le gymnase ou le bruyant billard.

CHANT ET DANSE.

83. Souvent la danse au chant, en bonne compagnie,
Pour doubler le plaisir, veut être réunie.
De danser, de chanter, ne refusez pas net :
Acceptez ; mais aux mœurs portez profond respect :
Que mots, gestes et pas y gardent la décence,
Et que ne perce en vous aucun air de licence.

CERTAINS DÉFAUTS PARTICULIERS A L'ENFANT.

84. Il est quelques défauts plus communs au tendre âge ;
Il faut les signaler : Se piller le visage,
Grincer des dents, souffler, sur les autres cracher ;
Crier, huer, brailler, par terre se coucher ;
Grimacer en laid singe, en petit ânon braire ;
Pleurnicher, se vautrer par excès de colère ;
Frapper, donner des coups et faire le museau,
Le visage joufflu, la bouche du carpeau ;
Tout toucher, tout salir, s'emplir de nourriture,
Bâfrer à tout instant d'une façon impure ;
Ne rien trouver de bon et faire le douillet :
Tel de l'enfant gâté s'esquisse le portrait.
Pour le bien colorer, *gâté* dit des sottises,
Vous interrompt sans cesse en crachant des bêtises ;
Se permet de porter au verre chaque main,
Et de le reposer sur la table mi-plein.
Il brandit dans les airs sa cuiller, sa fourchette,
Ainsi que son couteau, son pain et son assiette ;
Parfois il fait des rots, se mouche avec éclat,
Tire langue en public, en vrai fou se débat ;
Et de faibles parents se contentent d'en rire !
Folie assurément pire que son délire.
Plus, il ment sans pudeur, faiblesse de raison,
Plutôt que d'avouer, sûr moyen de pardon.
Bien loin de saluer le vieillard dans la rue,

Le magistrat, le prêtre, il ricane, les hue :
De son gosier jaillit l'ordure avec la voix.
Son chapeau tient collé comme avec de la poix.
Que s'il est envieux, sans respect dans le temple,
Aux plus mauvais sujets, il servira d'exemple.

PROPRETÉ CHEZ L'ENFANT.

85. Enfant, sur ta personne aime la propreté ;
C'est elle qui nourrit, qui pare la santé.
Lave souvent tes mains, peigne ta chevelure,
N'y porte point les doigts à la moindre piqûre ;
Ne les porte non plus aux oreilles, au nez,
Surtout devant les gens : ils en seraient peinés.
Pas d'onguent, de fard, d'huile ou pareille coutume :
Celui-là sent mauvais, qui toujours se parfume.
Couche-toi de bonne heure et lève-toi matin,
Si tu veux conserver âme saine en corps sain.
Avant d'aller au lit, embrasse ta famille ;
Lève-toi prestement et prestement t'habille.
De ta chambre ne viens sans être tout vêtu,
Et sans avoir à Dieu demandé la vertu ;
Seulement alors, cours dans les bras de ta mère.

BAIN.

86. A la santé le bain est parfois nécessaire :
Ne le prends que couvert en présence d'autrui :
La nudité honteuse à l'âme a souvent nui ;
Même le libertin et ricane et méprise
Qui de son impudeur affiche la bêtise.
Combien est différent l'enfant bien élevé !
Chacun aime et chérit un enfant réservé.

FIN.

TABLE DES MATIÈRES.

—— oo⁙⁙oo ——

www.ingramcontent.com/pod-product-compliance
Lightning Source LLC
Chambersburg PA
CBHW060839180626
46818CB00004B/1517